Humor in Alt-Berlin. Das war in der Zeit vom ausgehenden 18. bis Mitte des 19. Jahrhunderts nicht nur »façon de parler«, das waren auch die Zeichnungen und Farblithographien von Gottfried Schadow, Franz Krüger, Burghard Dörbeck und Theodor Hosemann, die in den zwanziger und dreißiger Jahren des vergangenen Jahrhunderts feilgeboten und weit über die Grenzen der preußischen Hauptstadt bekannt wurden. Selbst in Weimar sammelte man sie, und Goethe sagte von ihnen: »Mich freut es immer, wenn ich auf Nationalität treffe, selbst auf eine rohe, wenn sie nur erfindungsreich ist.« Etwa dreißig dieser farbigen Lithographien wurden für diesen Band ausgewählt. Zusammen mit Anekdoten und Geschichten aus dem alten Berlin sind sie ein Abbild jener Zeit, da Berliner Witz und Humor ihre bis heute ungebrochene Prägung erfuhren.

insel taschenbuch 897

Alt-Berliner Humor

Alt-Berliner Humor

Anekdoten und Karikaturen
Herausgegeben von Otto Drude
Insel Verlag

Umschlagabbildung: *Brendike, halte mir, ick werde schwimelig.*
Kolorierte Lithographie von B. Dörbeck (um 1830).
Die ausgewählten Abbildungen folgen der Ausgabe
»Alt-Berliner Humor um 1830«. Bildlich dargestellt.
Herausgegeben und erläutert von Otto Pniower,
Gustav Kiepenheuer Verlag, Leipzig 1919.

insel taschenbuch 897
Erste Auflage 1986

Vertrieb durch den Suhrkamp Taschenbuch Verlag
Umschlag nach Entwürfen von Willy Fleckhaus
Satz: Weihrauch, Würzburg
Druck: Nomos Verlagsgesellschaft, Baden-Baden
Printed in Germany

1 2 3 4 5 6 – 91 90 89 88 86

Alt-Berliner Humor

Im »Spreeland-Band« seiner Wanderungen durch die Mark Brandenburg erzählt Fontane ein »Kapitel vom alten Schadow«, dem Sohn eines Schneiders, der Direktor der Berliner Akademie wurde. Noch im Alter beaufsichtigte er die Studenten im Zeichensaal.

»Det is jut«, sagt er dem einen und klopft ihm, als Zoll der Anerkennung, mit seiner mächtigen Hand auf den Kopf. »Det is nischt«, sagt er zu dem andern und geht weiter. Ein dritter müht sich eben, den Umriß einer menschlichen Figur auf dem Papier festzuhalten, aber die Linien sind nicht sicher gezogen und die Proportionen falsch. Der Alte heißt ihn aufstehen, nimmt seinerseits Platz und sagt dann lakonisch: »Nu pass' uff. Ich mach' det so«. Dabei nimmt er des Schülers Kreidestift, tupft Punkte mit fester Hand auf das graue, grobkörnige Zeichenpapier, und während er diese Punkte mittelst sicher gezogener Linien untereinander verbindet, brummt er vor sich hin: »Det hab' ich von meinem Vater. Der war'n Schneider.«

Als 1825 die ersten Gasröhren für die neue Beleuchtung verlegt wurden, wunderte sich einer der Bauarbeiter, der nur die Ölbeleuchtung kannte: »Wenn ick nur wüßte, wie se das Öl da ruff kriegen?«

Worauf ihm ein anderer antwortete: »Schaafskoop, det is ebend der Witz!«

Eines Abends saß Lessing mit dem Philosophen Moses Mendelsohn und dem Buchhändler Friedrich Nicolai in einem Weinkeller in der Brüderstraße, und alle drei diskutierten über die Frage der Unsterblichkeit. Ein Gast am Nebentisch hörte eine Zeit lang zu, dann stand er auf und trat an den Tisch der Drei.

»Und ick, ick jloobe nich an ihr!«

»Nun guter Mann«, sagte Lessing, »woran glauben Sie nicht?«

»Nu, an die Unsterblichkeit, ick jloobe nich an ihr!«

»Und warum denn nicht?« wollte Mendelsohn von ihm wissen.

»Ja, det is so,« begann der Gast, »sehn se, wenn ick dran jloobe und se kommt nich, na denn ärgre ick mir, is doch klar. Wenn ick aba nich dran jloobe und se kommt nich, so finde ick weita nischt dabei – aba, wenn ick nich dran jloobe und nu kommt se doch, na denn, denn freie ick mir.«

Damit wandte er sich wieder an Lessing:

»Nu, merken se wat? Drum jloobe ick nich an ihr, an de Unsterblichkeit!«

Sprachs und verließ den Tisch der ob solcher Logik verdutzten Runde.

»O ho! Bange machen gilt nich!«

Ein Berliner ging in Steglitz spazieren. Vor dem Dorfkrug blieb er stehen und sah, wie der Wirt einen kleinen Jungen kräftig durchprügelte.

»He, Herr Wirt, was schlagen Sie denn den Kleinen so?«

»Ja, det is so«, erwiderte der Wirt ruhig und behäbig, »der is aus de Stadt und is mein Bruder sein Sohn, un hier hält er sich bloß zum Verjnüjen een paar Dage uf.«

Junge wat stößt du denn mein' kleenen Bruder, ick wer et gleich mein' Vata sagen.

Dummer Junge, du hast ja gar keen Vata. –

Schaafskopp, mehr wie du.

Vor dem Brandenburger Tor in der Nähe des späteren Lehrter Bahnhofs gab es ein Gebäude, in dem von Zeit zu Zeit ein Circus gastierte. Ein Vater und sein Sohn besuchten die Vorstellung. Als Höhepunkt wird ein Seiltänzer angekündigt:

»Vata, wat hat der denn for 'ne Stange?« fragt der Junge, als der Artist auf dem Seil steht.

»Det ist seine Blangsierstange.«

»Zu wat muß er denn die habn?«

»Na, wat fragste, da hält er sich dran feste.«

»Ick denk, er braucht sich nicht zu halten, er kann so loofen.«

»Schaafskoop du, an wat muß er sich doch halten, sonst fällt er ja runter.«

»Aber Vata, wat is nu, wenn die Blangsierstange runter fällt?«

»Unsinn, die kann ja nicht fallen, er hält ihr ja feste.«

Pfui Deibel – Noch eenen!

Ein echtes Orginal der Biedermeierzeit war der Direktor des Königsstädtischen Theaters Cerf.

Wenn ein Mitglied des Königshauses seinen Besuch angesagt hatte, wartete Cerf an der Tür.

Eines Tages fuhr Prinz Carl vor, und Cerf stand zum Empfang bereit.

In diesem Augenblick lief ein Berliner Schusterjunge vorbei und rief laut: »Schaafskoop«.

Cerf verneigte sich tief vor dem Prinzen.

«Keenigliche Hoheit – er hat mir jemeint!«

Ein Gast bemerkte, daß die Bouletten auf seinem Teller durch einige Haare zusammengehalten wurden. Er zieht ein Haar heraus und fordert die Kellnerin auf: »Mamsellken, bringen Sie mir Haare apparte und Bouletten apparte!«

Carl Friedrich Zelter, der Freund Goethes, brachte es vom Maurermeister zum Leiter der Singakademie in Berlin.

Zu ihm kam eines Tages ein junger Mann mit der Bitte, etwas vorsingen zu dürfen. Zelter hörte ihm eine zeitlang zu und urteilte dann: »Aber Sie haben ja gar keine Stimme.«

Er habe aber einen unbezwingbaren Drang nach den Brettern, erwiderte der junge Mann, worauf ihm Zelter antwortete: »Nun, wenn das so ist, dann werden Sie doch Tischler.«

Ein Junge trällerte vor sich hin »Wir winden dir den Jungfernkranz ...«; da brummt im Baß ein Spaziergänger die Fortsetzung »mit veilchenblauer Seide«. Patzig dreht der Junge sich um: »Wenn er den Junfernkranz singen will, kann er sich ihn ooch alleene anfangen, weeß er det!«

Im Revolutionsjahr 1848 drehten sich viele Gespräche um Parteien und Verfassungsfragen. In einer Kneipe fragt ein Berliner seinen Tischnachbarn:

»Na, sagen Se mal, sind Sie für die absolute Monarchie?«

»Nee, bin ick nich!«

»Denn sind Se wohl een Constitutioneller?«

»Nee, det bin ick nich!«

»Oder vielleicht Demokrat uf breite Jrundlagen?«

»Nee!«

»So jetzt weeß ick et, Se sind Republikaner.«

»Nee, dat bin ick ooch nich!«

»Nu, wat zum Deibel, wat sind Se denn?«

»Ick bin Sattler.«

Ein Handwerksbursche wundert sich, daß die Werdersche Kirche zwei Uhren hat und fragt einen Eckensteher nach dem Grund. »Wie kann er bloß so dumm sein, daß er dat nich weeß. – Wenn ick nu wissen will, wat die Klocke is un sehe nach eene Uhr, wonach kiekt er denn?«

Friedrich Schleiermacher wurde 1909 mit 41 Jahren Prediger an der Dreifaltigkeitskirche und im Jahr darauf Professor an der Theologischen Fakultät der Berliner Universität.

Zu seinen Predigten kam stets eine große Zahl Zuhörer, die den weit über Berlin berühmten Schleiermacher hören wollten.

Als er einmal darauf angesprochen wurde, sagte er:

»Ja das ist so, in meine Kirche kommen hauptsächlich Studenten, Frauen und Offiziere. Die Studenten wollen meine Predigt hören, die Frauen wollen die Studenten sehen, und die Offiziere, die kommen wegen der Frauen.«

»Liebeken, können se mich nich sagen, wat det da oben uf det Dohr vor 'ne Puppe is?« – »Ja nu, wat wird det sinn! Alte römsche Jeschichte, Kurfürsten von Brandenburg, siebenjährge Krieg, det is et!« – »Ah so, na ick danke recht sehr.«

Zwei »Eckensteher« treffen sich an ihrer Ecke.

»Sach mal, haste schon davon jehört?«

»Wovon denn?«

»Nu, von de Jeschichte mit den – mit den – na da draußen, da neben die – jees, wie heeßen denn die Leute?«

»Meenst de vielleicht die neue Kneipe?«

»Nee doch, ick meene die Jeschichte da mit den, na, der Name schwebt mir uf de Lippe, die da draußen vorjejangen is bei, – bei – na, da draußen – Jott, du mußt ja det doch kennen.«

»Ach, jees, det is die Jeschichte mit den – ja, die kenn ick, mit den, na, wie heeßt er doch? Die meenste?«

»Richtig, die meen' ick. So die kennst de schon?«

»Ja, die kenn' ick – die hat mir der, der – na, wie heeßt er denn? – erzählt, der da draußen – du weeßt ja!«

»Ja, ick weeß schon, det is die Jeschichte. Von den hab' ick se ooch.«

Eckensteher: »Rollen? Vor acht Groschen zwee Stunden? Nee, det greift mir zu sehre an.«

König Friedrich Wilhelm III. war zeit seines Lebens ein schwieriger Mensch. Schon seine Redeweise zeigte das, er sprach am liebsten nur in Infinitiven und vermied es peinlich »ich« oder »wir« zu sagen.

Im Theater mochte er keine schwere Kost, er bevorzugte Lustspiele. »Trauerspiele mir fatal, im Leben schon Trauerspiele genug, deshalb nicht erst ins Theater gehen müssen.«

Einmal gefiel ihm im Theater ein Lustspiel ganz besonders, ganz im Gegensatz zum Publikum, das die Aufführung auspfiff. »Mir Stück Vergnügen machen. Begreife Berliner nicht. Zu kluges Publikum.«

Bei der neuen Gas-Beleuchtung versucht ein »Anstecker« längere Zeit vergebens, die Flammer in Brand zu bringen. Ein Junge, der ihm zusieht, ruft schließlich: »Männeken, soll ick Ihnen vielleicht vorn Groschen Öl besorgen?«

Mutter Gräbert leitete und bewirtschaftete das »Vorstädtische Theater« vor dem Rosenthaler Tor. Sie war der Meinung, wenn die Leute richtig essen, dann können sie auch richtig klatschen, und erst nach einem richtigen Eisbein begeistern sie sich fürs Klassische. Ihre Devise war »Wat der Leib nich hat, kann die Seele nich aushalten.«

Eines Tages verlangten ihre Schauspieler von ihr Tantiemen und wollten an den Einnahmen beteiligt werden. Entrüstet wies Mutter Gräbert den Vorschlag zurück:

»Nee, nee, dadruff laß ick mir nich in! Damit könn' se rüber zu Hülsen (der Intendant des Königlichen Theaters) jehn, der macht vielleicht so wat. Aba ick un Tantieme, det wär jrade so, als ob ick bei Gerson (ein berühmtes Modehaus) 'ne Mantillje koofe und jedesmal, wenn ick ihr umbinde, dafür zahlen soll!«

Um 1830 gab es am Mühlendamm zahlreiche Geschäfte. Beim Ausfegen der Straße sprengten die Lehrjungen zunächst die Straße und versuchten dabei, Figuren, z.B. eine »8« herauszubekommen. Zwei Damen, die einen Spritzer abbekommen hatten, verwahrten sich: »Sie Mühlendamscher Jüngling, beplanschen Se uns nich de reene Strümpe mit Ihrer nasse Achte.«

Bei Mutter Gräbert im Vorstädtischen Theater stand Schillers »Jungfrau von Orleans« auf dem Plan, und die Jungfrau sollte Carla Kaiser spielen, eine Schauspielerin, deren Erfolge auf der Bühne und mehr noch in der Liebe stadtbekannt waren.

»Wat denn, die Kaisern soll ne Jungfrau spielen«, rief Mutter Gräbert entsetzt, »det jloobt ihr doch keener – da lachen se doch alle.«

Weder der Regisseur noch die anderen Schauspieler konnten sie beruhigen und umstimmen. Schließlich willigte sie ein:

»Na, nennt det Stück meinetwejen ›Det Meechen von Orlejanz‹, denn mag et jehn.«

Und so wurde das Stück schließlich unter dem Titel »Das Mädchen von Orleans« vor dem Rosenthaler Tor aufgeführt.

Bis in die 30er Jahre gab es vor den Toren »fliegende« Zigarrenhändler. An der Seite ihres Kastens hing eine brennende Lunte, und sie priesen ihre Ware mit dem Ruf an: »Zigaro, mit avec du feu!«

Im Revolutionsjahr 1848 berief König Friedrich Wilhelm IV. den 64jährigen General von Wrangel nach Berlin, damit er mit seinen Truppen Ruhe und Ordnung wieder herstellen sollte.

Als Wrangel mit den Truppen auf Berlin marschierte, drohten ihm die Berliner, sie würden seine Frau aufhängen.

Trotz dieser Drohung zog Wrangel durch das Brandenburger Tor in die Stadt ein.

Unter den Linden wandte er sich an den neben ihm reitenden Adjudanten und fragte ihn:

»Ob se ihr wohl hängen?«

»Madameken, haben se Bohmtorte?« – »Dämelack, dir werd ick gleich bebohmtorten.«

Eines Tages ritt Wrangel, den die Berliner mit der Zeit auch »Papa Wrangel« nannten, mit seinem Adjudanten die Prachtstraße »Unter den Linden« entlang. Ein Posten präsentierte vor dem General.

»Sehn se, der hat mir jejrießt!«

Der Adjudant wollte verbessern:

»Nein, Herr General, mich!«

»Wat, der hat Ihnen jejrießt?« verwunderte sich Wrangel. Abermals versuchte der Adjudant zu berichtigen:

»Nein, Sie.«

»Na also mein Sohn«, erwiderte der General, jetzt doch beruhigt, «er hat doch mir jejrießt.«

»Ochse, mach' er mir nich weiß, er oller Müllergeselle!«

General Wrangel war zu einem Hofball geladen. Dort begegnete er einer Dame in einem Kleid, das durch seinen besonders gewagten Ausschnitt Aufsehen erregte.

Der General betrachtete sie lange und sehr wohlgefällig, schließlich fragte sie ihn, da sie sich auf ihre Ballrobe einiges zugute hielt:

»Nun Excellenz, so etwas Schönes haben Sie wohl lange nicht gesehn?«

»Nee, mein Kind«, erwiderte schmunzelnd der Alte, »seit meiner Entwöhnung nich.«

»Gesiken mach mir nich tücksch, det sich nich meine Fäuste mit deine Backzähne familiär machen.«

Der Justizrat Meyer fragt seinen alten Freund Fontane, warum er so häufig die Wendung »Was soll der Unsinn!« gebrauche.

»Ja, Meyer, das ist so«, sagt Fontane lächelnd, »unser guter Hertz geht neulich über die Straße und plötzlich hört er einen kleinen Jungen furchtbar schreien und sieht, wie ein Kolonialwarenhändler vor seinem Laden den Knirps richtig verprügelt. Sie kennen die menschenfreundliche Gesinnung unseres Hertz – wie könnte er mich sonst verlegen – und so macht er dem Händler Vorwürfe. Aber was antwortet der ihm.«

»Denn wer ick Ihnen mal wat erzählen. Jeden Tag jeht der Bengel hier vorbei, un denn steht er still un denn passt er uff. Un wenn jrade keener hinsieht, stellt er sich an det Faß mit den Sauerkohl und denn, na denn, denn pisst er rin. Nu schad't det ja dem Kohl nischt, aba ick frache Ihnen, wat soll der Unsinn?«

»Ja, Meyer, das ist die Quelle, von da hab' ich es. Übrigens kein übles Lebensmotto, es ist das alte ›alles ist eitel‹, nur ins Berlinische transponiert.«

Kommen Sie man immer drieste Mamselleken, ick habe Stiebeln an.

Um die Mitte des 19. Jahrhunderts war General von Petry Festungskommandant in Spandau. Zeit seines Lebens stand er mit seiner »Frau Muttersprache« auf leicht gespanntem Fuß. Für Fremdworte hatte er eine besondere Vorliebe und gebrauchte sie auch dann, wenn sie gar nicht paßten.

So gefiel ihm eines Tages das Wort »ultimo«, und er diktierte seinem Adjudanten den nächsten Tagesbefehl: »Bis ultimo, dem 15. März müssen die Kasematten geräumt sein.«

Der Offizier versuchte, den Befehl richtig zu formulieren: »Verzeihung, Herr General, könnte das ›ultimo‹ nicht wegfallen?«

Aber Petry ließ sich nicht dreinreden:

»Weeß janich, wat se wollen – dat Wort ist doch sehr forsch!«

»Wo ist denn Bellevue?« – »Na hier is der Schinkelplatz. Gehn Se man durch den Schwibbogen, de Lenden lang un lassen Se den Lustgarten liegen.«

Nach seinem Sieg über Napoleon in der Schlacht von Belle-Alliance ging der alte Feldmarschall Blücher mit seinem Adjudanten die »Linden« entlang. Seine Uniform war über und über mit Orden und Ehrenzeichen bedeckt.

An der Ecke Friedrichstraße kam ihnen laut pfeifend ein Schusterjunge entgegen, sah die beiden und hörte plötzlich mit seiner Pfeiferei auf.

»Wat der Jung for mich een Respekt hat«, wandte sich Blücher an seinen Adjudanten, «hört sogar mit Feiffen uff!«

Er nahm einen Silbergroschen: »Da, nimm det, et jefällt mich, da Du mit Feiffen uffhörst, wenn Du deinen Feldmarschall siehst.«

»Ick dank ooch scheen, aba wissense, wenn ick Ihnen mit Ihre ville Orden so sehe, denn muß ick lachen – na, und wenn ick lachen muß, dann kann ick nich mehr feiffen.«

»Um die Ecke schenken se Weisbier.«

Friedrich Wilhelm IV., über den Heinrich Heine die Verse schrieb:

»Ich habe ein Faible für diesen König
Ich glaube, wir sind uns ähnlich ein wenig.
Ein vornehmer Geist, hat viel Talent.
Auch ich, ich wäre ein schlechter Regent.«

war ein Freund und Verehrer der Berliner Sprache.

Als Kronprinz verspätete er sich einmal bei der Hoftafel, und sein Vater, Friedrich Wilhelm III., reagierte höchst ungehalten. Da entschuldigte sich der Kronprinz mit den Worten des Maurerpoliers Kluck aus dem zu dieser Zeit vielgespielten Stück von Angely »Das Fest der Handwerker«:

»Meesta, dadrum keene Feindschaft nich.«

Worauf der König verständnisvoll weiter zitierte:

»Na, det weeßte doch, Wilhelm, ick bin allemal derjenichte, welcher.«

»Ich sage ja keen Wort, Herr Kumsargus« – »Halt Sie's Maul! Sie raisonniert inwendig.«

Martin Heinrich Klaproth, der das Cer, Titan, Tellur und auch das Uran entdeckte, lebte lange Zeit als Apotheker in Berlin.

An seinem siebzigsten Geburtstag schickt König Friedrich Wilhelm II. seinen Sohn zur Gratulation, den Grafen von Brandenburg, aus der morganatischen Ehe mit Sophie von Dönhoff, der bereits mit einundzwanzig Jahren Oberst im Regiment Garde du Corps war.

Als der Graf bei dem Gespräch eine abfällige Bemerkung über Berlin macht, fragt ihn Klaproth: »Was wissen Sie, Herr Oberst, von Berlin?«

Schließlich sei er hier geboren und erzogen worden, erwidert der Graf etwas pikiert.

»Geboren – wenn Sie es sagen, dann mag es wohl stimmen; erzogen aber gewiß nicht, ich kenne meine Berliner.«

In der Destille. »En halb Pfund weißen Landsturm mit etwas Schlechten mang.«

Ernst Ludwig Heim, der »alte Heim«, war einer der bekanntesten und beliebtesten Ärzte in Berlin. 1783, mit 36 Jahren, siedelte er nach Berlin und erwarb sich hier eine ausgedehnte Praxis. Zu seinen Freunden zählte auch Alexander von Humboldt, der ihn eines Tages in seiner Praxis besuchte und ihn um eine Untersuchung bat. Heim stellte die Diagnose, eine schwierige Krankheit, und kündigte ihm ein langes und schmerzhaftes Krankenlager an. Kaum eine Woche später aber begegneten sich beide auf einem Ball. Hier bekannte Heim: »Freilich, als Freund freue ich mich, daß ich mich geirrt habe. Aber als Arzt ärgert es mich infam.«

Einmal wurde er auch zum Feldmarschall Blücher gerufen, der über einen bösen Husten klagte. Heim kannte die Lebensführung Blüchers nur zu gut:

»Ja, sehen Sie, lieber Feldmarschall, mit dem Husten verhält sich das so; entweder er kommt aus der Lunge, oder er kommt vom Saufen. Aus der Lunge kommt Ihr Husten nicht.«

»Brendike – halte mir, ich werd' schwimelig.«

Ein Geistlicher tröstet einen Sterbenden, er werde droben im Himmel alle seine Lieben wiedersehen.

»Herr Predjer, Buchholzen ooch?« – »Gewiß doch, wenn Buchholz als Christ gestorben ist.«

»Herrjott, denn jeht det Luderleben wieder los.«

»O, mein Freund, dort nähren wir uns von der himmlischen Speise, und auch Buchholz wird dort ein himmlisches Leben führen!«

»Ach, Herr Predjer, denn kennen Se Buchholzen schlecht!«

1831 wütete die Cholera in Berlin – über die Krankheit sprach jeder, so auch der Eckensteher in der Destille: »Vor'n Sechser Cholera, aber 'n bisken Morbus mang.«

Friedrich Wilhelm IV. liebte ähnlich wie sein Vater keine allzu schwere Kost auf der Bühne.

Als er eines Tages zur Premiere eines Columbus-Dramas geladen war und auch in der Loge erschien, hatte er keine Lust, das Ende des Stückes abzuwarten.

Er verließ die Hofloge, und der Generalintendant von Hülsen versuchte vergeblich, den König zu halten, er sprach von den schönen Ideen des Stückes, seiner edlen Sprache, aber vergebens. Der König deutete auf einen schlafenden Logendiener, der draußen im Wandelgang auf einem Sessel saß:

»Hülsen, ich glaube, der hat gehorcht.«

»Markeer! Bringen Sie mich eene kühle Blonde, aberst honett geproppt.«

Der Berliner Bankier Abraham Mendelssohn war der Sohn des Philosophen Moses und der Vater des berühmten Komponisten Felix Mendelssohn.

Von ihm erzählt Fontane, daß er als alter Herr zu sagen pflegte: »Es ist mir eigen in meinem Leben ergangen, in meiner Jugend war ich nichts als der Sohn meines Vaters, und in meinem Alter bin ich nichts als der Vater meines Sohnes.«

»Hier steckt ihr also? Und det nennt ihr sprützen?« – »Nee, Herr Rohrmeester, löschen, löschen!«

Ein Reisender aus Wien kommt nach Berlin, er besteigt eine Droschke. Am Hotel angekommen, gibt er dem Kutscher ein Trinkgeld, der es wortlos und ohne Dank annimmt.

Verwundert fragt ihn der Wiener: »Sagen die Kutscher in Berlin eigentlich ›Danke schön‹, wenn sie ein Trinkgeld kriegen?« Der Kutscher antwortet nicht gleich, sondern wiegt nachdenklich den Kopf hin und her, endlich entgegnet er: »manche saren et – aba manche saren et ooch wieder nich!«

»Wenn er nu nich geht, werd' ick ihm gleich eens mit de Hundelaterne leuchten.«

Ein Berliner Orginal war Madame Dutitre. Sie hatte als armes Mädchen einen reichen Handwerker geheiratet und konnte sich schließlich eine Wohnung »Unter den Linden« leisten.

Einmal ging sie dort mit ihrer Gesellschaftsdame spazieren, als König Friedrich Wilhelm III. ihr entgegen kam. Natürlich kannte er Madame Dutitre, aber er war zerstreut, übersah sie und erwiderte ihren Gruß nicht. Das nun ließ sich die Dutitre nicht gefallen. Sie faßte den König am Ärmel »Na, wat is'n det Majestätken, man nich so stolz, Steuern nehmen kann er, aber die reiche Dutitren jrießen is nich!«

Der König lächelte verständnisvoll und reichte der schlagfertigen Frau die Hand.

Madame Dutitre ließ daraufhin ihren Handschuh unter Glas in einen Rahmen fassen und fügte die Inschrift dazu: »An diesem Handschuh faßte mich mein Keenich!«

»Kannste denn nich de Mütze abnehmen vor'n Herrn Schulmeester un sagen: Schön juten Dag ooch, du Schafskoop.«

Mittagessen in einer Berliner Familie, der Vater sitzt mit seinen drei Jungen bei Tisch.

Es gibt Suppe mit Fadennudeln. Darauf der Älteste, Gustav: »Oska, seh ma, wie Vatern de Nudeln um de Schnauze bammeln!« –

»Wie kannste denn zu Vatern seine Fresse Schnauze sagen!« – »Wenn't sich der Ochse det jefallen laßt!«

Hier springt der Vater auf, sucht seinen Rohrstock, die Jungs kriechen unter die Bettstelle. Da sagt der Vater zum Jüngsten: »Komm man vor Oska, du hast nischt jesagt, dir du ick ja nischt.«

Darauf Oskar: »Dir Aas kenn ick.«

Vater: »Immer muss'e det letzte Wort haben, det hätt ick mal vor meenen Vader probieren sollen.«
Sohn: »Des mag mir auch ein schöner Vater gewesen sein.«
Vater: »Doch zehn mal besser als Deiner, Du schnabbrige Kröte.«

Hier und da wurden Hofräume in »Biergärten« verwandelt, ein paar kümmerliche Gewächse wurden aufgestellt, dazu Tische und Stühle. Und wenn das Wetter schön war, sagte der Wirt:

»Jottlieb, draage mal'n Jarten raus. Aber stell die beeden Oljander nich so dichte zusamm, det 't wie 'n Park aussieht.«

1832 wurde eine »künstliche Eisbahn« eröffnet, die sich aber nicht halten konnte und sofort wieder schließen mußte.
»Willem behalt deine Groschens, det is nischt!«

In einer Gerichtsverhandlung wurde der Angeklagte von dem Vorsitzenden gefragt, ob er verheiratet sei.

»Na, un ob!«

»Mit wem?«

»Na, mit 'n Frauenzimmer.«

»Werden Sie nicht noch frech, das ist doch wohl selbstverständlich.«

»Sachen Se det nich, Herr Jerichtshof. Ick hab ne Schwester, die is zum Beispiel mit ne Mannsperson verheiratet.«

»Bist 'e noch immer bei meine eh'maligte Madame?«

»Ja, ik zieh' aber zum Fuffzehnten; allweile liegt se in Wochen; se hat eenen Jungen.«

»Na det is klar, denn een Mächen halt es bei ihr kene 9 Monate aus.«

Schon weit aus der Zeit des Alt-Berliner Humors, aber getränkt von der Ironie dieser Zeit, war die Antwort Liebermanns, als er das Porträt von Sauerbruch malte. Dieser bemerkte, daß der Maler das schon fast fertige Bild an vielen Stellen wieder abkratzte. »Warum denn, es war doch sehr schön!« – »Et war eben nich scheen, et war falsch!« – »Nun, ich hätte es so gelassen« – »Tja«, sagte Liebermann, »Ihre Irrtümer, Herr Jeheimrat, die deckt der jrüne Rasen, aba meine, meine, die hängen an de Wand!«

»Aurora! – Jux Liese, will sie aus 'en Rinnsteen!«

Nachwort

»Berliner Humor« – gibt es ihn wirklich? Oder ist alles, was wir so nennen nur Schlagfertigkeit, allenfalls Witz oder gar platte Ironie?

Letztlich hängt es von einer akzeptablen Definition des Humors ab, und da wird es schwierig, denn »eine gut sitzende Definition für ›Humor‹ gibt es bekanntlich nicht.« Das wußte schon Tucholsky.

Für das, was den »Berliner Humor« ausmacht und kennzeichnet, ist vielleicht das zutreffend, was Otto Julius Bierbaum einmal sagte: »Humor ist, wenn man trotzdem lacht.«

Es schließt viel von dem ein, was den »Humor der Berliner« ausmacht: ein »trotzdem«, nicht im Sinn einer Auflehnung, eines »nun erst recht«, eines trotzigen Begehrens, eher in der Art »es muß auch so gehen« oder »da kann man ebend nischt machen«. In diesem »trotzdem« verbirgt sich viel von der antithetischen Form, die dem Berliner Humor eigen ist, der versucht, beide Seiten einer Medaille zu sehen und zu verstehen, formuliert in seiner Weltsicht: »Uns kann keener, und im Ernstfall könnse uns alle!«

Landschaften und Städte haben ihre eigene Sprache, ob München oder Wien, ob Bayern oder Ostfriesland – und so ist es auch in Berlin.

Man wird diesen besonderen »Berliner Humor« (wir wollen bei dieser Bezeichnung bleiben) nur verstehen können, wenn man den Weg nachgeht, den das »Berlinertum« (Fontane) in verhältnismäßig kurzer Zeit gegangen ist.

Denn Berlin als Stadt, als eine Stadt, die diesen Namen verdient, das ist erst dreihundert Jahre her. Nach dem Dreißigjährigen Krieg lebten in Berlin knapp zehntausend Menschen, während Hamburg zu dieser Zeit etwa sechzigtausend Einwohner und Danzig sogar achtzigtausend hatte.

Am Ende des 17. Jahrhunderts begann der Zustrom protestantischer und jüdischer Familien aus Österreich, die Hugenotten kamen aus Frankreich. Ein großer Teil dieser »Réfugiés« siedelte sich in Berlin an, in jener Zeit war jeder vierte Berliner ein gebürtiger Franzose.

Als 1701 der Kurfürst von Brandenburg sich König in Preußen nennen konnte, und Berlin seine Residenzstadt wurde, wuchs die Zahl der Einwohner von Jahrzehnt zu Jahrzehnt.

Beim Tode Friedrich II. 1786 war die Bevölkerung der Stadt auf einhundertfünfzigtausend Einwohner angewachsen, darunter etwa vierzigtausend »Militärpersonen«.

In wenigen Jahrzehnten und wenigen Generationen entwickelte sich eine Stadt, eine Residenz, ein Zentrum, auf das bald ganz Europa blickte.

Die Menschen in Berlin kamen von überall her, aus der Mark, aus Schlesien, aus Pommern, aus dem Süden und Norden und von Ost und West, Handwerker und Kaufleute, junge Menschen, die ihr Glück machen wollten, und es lebten hier die Ausgedienten der friderizianischen Armeen, überall in Europa angeworben, Alemannen, Kaschuben, Holsteiner und Niederländer: und aus allen machte diese Stadt Berliner.

Und wozu andere Städte Jahrhunderte Zeit hatten, für Berlin blieben nur Jahrzehnte, auch hierin hat das Berliner Tempo seinen Grund. Wer »Fortune« machen wollte, der durfte nicht abwarten, der mußte seine Ellenbogen gebrauchen, mußte mit dem Kopf, aber vor allem mit dem Mund stets vorn sein, »uffn Kien« wie der Berliner sagt.

»Die Genesis der vielgeschmähten aber

auch viel bewunderten Berliner Schnauze hat also durchaus geopsychische Motive.« (G. Sichelschmidt)

Und diese Entwicklung verlief so: zunächst war es die Residenzstadt des Königs in Preußen, dann kam Friedrich Wilhelm I., seine Verwaltung, seine Soldaten und die derben und rauhen Scherze seines Tabakkollegiums, die sich schnell auf den Straßen herumsprachen. Mit seinem Sohn, Friedrich II. änderte sich der Ton, er wurde verfeinert und zugespitzter, die Sprache der Gesellschaft war das Französische. Die Pointe, der espritvolle Einfall, vor allem aber die schnelle und geistvolle Erwiderung, das sogenannte »reparti« herrschten.

»Wieviel hat Er denn eigentlich aus der Hubertusburger Plünderung herausgeschlagen?«, fragte der König während der Mittagstafel in Sanssouci einen seiner Generäle. »Das müssen Majestät am besten wissen, wir haben ja geteilt.«

Fontane hat diese Anekdote überliefert, und er hat auch als einer der ersten gesehen, was das »Berlinertum« ausmachte und ausbildete. Und das waren neben den gesellschaftlichen Kreisen, die allenfalls die pointierte Sanssouci-Sprache übernehmen konnten, neben den jüdischen und französischen Bürger- und Großbürgerfamilien das, was von den Armeen übrig blieb: die Soldaten, die schließlich – ausgemustert und alt – irgendwie in die bürgerliche Gesellschaft zurück mußten.

»Diese zu Spießbürgern umgemodelten friderizianischen Grenadiere waren es, die den berlinischen Räsoniercharakter und vor allem auch den alsbald von alt und jung begierig angenommenen berlinischen Ausdruck für dies Räsonnement schufen. Ein Umwandlungsprozeß, der bald nach dem Siebenjährigen Krieg seinen Anfang nahm und sich derartig rasch entwickelte, daß, als der Große König seinen stillen Platz unter der Kanzel der Potsdamer Garnisonkirche bezog, der erste Berliner Schusterjunge bereits geboren war.« (Fontane)

Am Ende des 18. Jahrhunderts lebten in Berlin um die zweihunderttausend Einwohner und knappe dreißig Jahre später war die Viertelmillion erreicht. Zur gleichen Zeit betrug die Bevölkerung von Paris fast eine Million und die von London knapp zwei Millionen.

Das waren viele Menschen auf engem Raum, durchsetzen konnte sich nur, wer hellwach war, sich wehren konnte, auch mit seinem Mundwerk. Der Berliner hatte schnell begriffen, daß Wort und Sprache oft genau so viel, bisweilen sogar mehr erreichen können als Kraft und Gewalt.

Auf diesem Feld erblühte die besondere Form der Berliner Ironie, eine nicht immer nur erfreuliche Blume, besonders dann nicht, wenn sie auf die Spitze getrieben wurde und nur noch Wortspielerei war. Als Ironie der Situation jedoch, in der man verfremdend anderes sagt als man meint, um so zu verdeutlichen, fand sie das urbane Feld, das sie brauchte. »Das Berlinische hat den Unschuldsglanz des Naiven. Wer berlinert, erscheint kindlich. Ihm traut man nicht zu, einen anderen auf den Arm nehmen zu wollen. Das ist die beste Ausgangsstellung für die Ironie.« (Walter Kiaulehn).

So vernahm der Abgeordnete Hoffmann einmal einen Kaufmann, der sich eines recht zweifelhaften Rufes erfreute, aber glaubte, auf seine vermeintlichen Rechte pochen zu dürfen. »Ich lehne es ab, mein Herr, mich mit Ihnen zu unterhalten, Sie verwechseln ja ständig mir und mich!« Hoffmann belehrte ihn in aller Ruhe: »Det isso, is aba nich strafbar. Sie aba verwechseln ständig mein und dein, und deswejen Sind Sie hier und müssen mir antworten.«

Kiaulehn hat auch zu recht auf den Einfluß des Neuen Testaments auf die Berliner Redeweise hingewiesen. Die Vorliebe für eine antithetische Denk- und Redeweise erhielt hier frische Nahrung.

»Freut Euch mit den Fröhlichen und weint mit den Weinenden« – »Die Ersten werden die Letzten sein« – »Alles ist erlaubt, aber nicht alles dient zum Guten« – »Nur wer sich erniedrigt, kann erhöht werden« das waren Formulierungen, wie der Berliner sie sich wünschte und möglichst noch verkürzte. So erzählt ein Berliner Steppke beim Mittagessen: »Vata, unser Lehrer hat jesagt, wir alle stammen von die Affen ab.« Darauf der Vater: »Ach wat! Du villeicht! Ick nich!«

Formen dieses Berliner Humors weisen schon auf die zweite Hälfte des 19. Jahrhunderts, da Berlin nicht nur Groß- sondern Weltstadt wurde, lebten doch zum Ende des Jahrhunderts fast zwei Millionen an Spree und Panke.

Der »Alt-Berliner-Humor« war ruhig, gelassen und bedachtsam, wenn auch kritisch, aber ihm fehlten die aggressiven und bedrängenden Züge. Fontane sah den ersten Höhepunkt etwa um 1830. Die Grundmuster und Strukturen sind jedoch bereits voll entwickelt und zeigen sich deutlich, das macht den Humor aus »Alt-Berlin« anziehend und gewinnend, aber vor allem interessant und ansprechend.

Die Bilderfolgen der Gropiusschen Verlagshandlung, die unter den Titeln »Berliner Witze und Anecdoten« und »Berliner Redensarten« erschienen, und aus denen die Abbildungen dieser Auswahl entnommen wurden, zeichnen das Berliner Leben der Biedermeierzeit, in der der »Eckensteher Nante« und »Willem, der vons Jerüste jefallen« gesellschaftsfähig wurden.

Bei aller Gemütlichkeit und Behaglichkeit regten sich doch Kritik und Räsonnement, aber sie mußten sich im Hintergrund halten, sozusagen »inwendig« bleiben, wie es die Abbildung auf Seite 45 zeigt.

Schwierigkeiten und schwere Zeiten wurden überspielt, indem man das Übel beim Namen nannte. Im alltäglichen Gebrauch sollte ihm der Schrecken genommen werden, so (Seite 51) nach dem Motto »bange machen gilt nich«. Das Überlegenheitsgefühl des Großstädters gegenüber dem Fremden wurde auf die Spitze getrieben und ausgenutzt. (Seite 21). Die Sprache verkürzte und drängte zusammen, so der geraffte Geschichtsüberblick der Höckerin (Seite 23), der an Treffsicherheit kaum überbietbar ist.

Erst die nachrevolutionäre Zeit mit ihren Enttäuschungen und politischen Veränderungen, die Sogwirkung der prosperierenden Großstadt mit Enge, Tempo veränderten den »Alt-Berliner« Humor, er wurde schärfer, im Ausdruck knapper, er vergrößerte seinen Wortschatz mit französischen, jüdischen und polnischen Ausdrücken, die dem Berlinischen anverwandelt wurden.

In dem 1878 erschienenen Wörterbuch mit dem bezeichnenden Titel »Der richtige Berliner« wurde die beachtliche Fülle und Ausdruckskraft dieses Wortschatzes zum erstenmal gezeigt. Hans Meyer, Professor am Grauen Kloster, hatte es herausgegeben. Gegenwärtig liegt die 10. Auflage vor, bearbeitet von Walter Kiaulehn.

Das Buch ist eine Fundgrube für jeden,

der sich für Berlin und das Berlinische interessiert. Zahlreiche »Berolinismen«, die weit über die Grenzen der Stadt bekannt und verstanden wurden, sind hier gesammelt und wenn nötig auch erklärt.

Bis in unser Jahrhundert und bis in unsere Tage blieb die Umgangssprache des Berliners eine Mischung von ironisch-naiver Bissigkeit, hellwacher Formulierungskunst und einer unbändigen Freude am treffenden und schlagenden Wort.

Ein Vertreter bester Art dieses Tons war der Maler Max Liebermann, der eines Tages bei Lovis Corinth zu Besuch war. Neugierig schaute er sich im Atelier um und musterte den Arbeitstisch des Kollegen. Plötzlich rief er erstaunt aus: »Wat denn Corinth – Se ham een Radiergummi!«

Als Marc Chagall noch weithin unbekannt war, wurde Liebermann aufgefordert, eine Ausstellung von ihm zu besuchen. »Nee,« erklärte er, »da jeh ick nich hin.« – »Aber an Chagall ist wirklich was dran, den sollten Sie sich ansehn.« – »Nee, ick will nich. Womöglich jefällt mir dat Zeug.«

In dieser Linie und Tradition, in dieser Sprache von nur leicht versteckter Hintergründigkeit spricht der Berliner Humor bisweilen noch heute. So etwa, da ein bekannter Musikkritiker ein Mitglied der Berliner Philharmoniker vor einem Karajan-Konzert etwas lässig fragt: »Was wird denn der Meister heute dirigieren?« und zur Antwort erhält, »na, det wissen wir noch nich, aba wir, wir spielen Mahlers Vierte.«

Die politischen Schicksale haben es der Stadt und den Menschen die dort leben, nicht leicht gemacht, aber Berlin und die Berliner haben es vermocht, Humor und Witz zu behalten, und so gilt Goethes Meinung von 1820 auch in unseren Tagen: »Das Völkchen besitzt viel Selbstvertrauen, ist mit Witz und Ironie gesegnet und nicht sparsam mit diesen Gaben.«

Otto Drude

Editorische Notiz

Die für diesen Band ausgewählten Abbildungen stammen aus verschiedenen Veröffentlichungen, die in den 30er Jahren des 19. Jahrhunderts in Berlin erschienen. Die Zeichnungen wurden als handkolorierte Lithographien herausgegeben, zumeist wurden vier zu einem Heft zusammengestellt, und mehrere Hefte bildeten eine Reihe wie »Berliner Witze und Anecdoten, bildlich dargestellt« (um 1828) – »Berliner Redensarten« (1830) – »Berliner Ausrufer, Kostüme und lokale Gebräuche« – »Tagesbegebenheiten« und andere.

Zu den Künstlern, die der Verlag, die Gebrüder Gropius, verpflichten konnten, gehörten bekannte Namen wie Gottfried Schadow (1764–1850), Franz Krüger (1797–1857) und Theodor Hosemann (1807–1875).

Den weitaus größten Teil der Zeichnungen lieferte der bis dahin weithin unbekannte Maler Dörbeck. Franz Burchard Dörbeck wurde 1799 in Fellin im Livländischen geboren. 1816 begann er eine Lehre als Kupferstecher in Petersburg, siedelte später nach Riga über und kam 1823 nach Berlin. Hier trat er in Verbindung mit dem Verlag der Gebr. Gropius in der Brüderstraße. In den 1828 erschienen Heften »Berliner Witze und Anecdoten« waren die ersten Dörbeckschen Zeichnungen zu sehen.

Später lieferte er auch Illustrationen für Glaßbrenners Reihe »Berlin wie es ist und – trinkt«. 1834 reiste Dörbeck, schwer erkrankt, nach Fellin zurück und starb dort 1835.

Diese Zeichnungen und die der anderen Künstler wurden immer wieder nachgedruckt und sind zum Teil in zahlreichen Berlin-Büchern zu finden.

Vorlagen und Hinweise zu den Zeichnungen und Texten der vorliegenden Auswahl fanden sich vornehmlich in folgenden Veröffentlichungen.

Alt-Berliner Humor um 1830. Herausgegeben und erläutert von Otto Pniower. Berlin o.J.

Der richtige Berliner in Wörtern und Redensarten. Von Hans Meyer. Siebente Auflage besorgt von S. Mauermann. Berlin 1911

Der richtige Berliner in Wörtern und Redensarten. Verfaßt von Hans Meyer. Für die 10. Auflage bearbeitet und ergänzt von Walter Kiaulehn. München 1965. Unveränderter Neudruck 1985

Franz Burchard Dörbeck. Herausgegeben von Hans Ludwig. Berlin 1979

Adolf Glaßbrenner, *Buntes Berlin.* Vollständiger Nachdruck aller Ausgaben 1838–1853, Berlin 1981

Adolf Glaßbrenner, *Unsterblicher Volkswitz.* Band 1 und 2, Berlin o.J.

150 Jahre Berliner Humor. Ein Querschnitt durch anderthalb Jahrhunderte. Zusammengestellt von P. Rosié und H. Ludwig, Berlin 1953

Franz Lederer, *Berliner Humor – Sprache, Wesen und Humor des Berliners,* Berlin o.J.

Hans Ostwald, *Der Urberliner in Witz, Humor und Anekdote,* Berlin o.J.

Hans Ostwald, *Der Urberliner in Witz, Humor und Anekdote.* Neue Folge, Berlin o.J.

G. Sichelschmidt, *Die Berliner und ihr Witz,* Berlin 1978

O.D.

Essays. Betrachtende Prosa

Honoré de Balzac. Über die Liebe
Sein Weltbild aus seinen Werken. Zusammengestellt und mit einem Essay herausgegeben von Stefan Zweig. it 715

Franz Blei. Das große Bestiarium der Literatur
Mit farbigen Karikaturen von Rudolf Großmann, Olaf Gulbransson und Th. Th. Heine. it 660

Seigneur de Brantôme. Das Leben der galanten Damen
Mit zeitgenössischen Portraits. Zwei Bände. it 586

Christop Columbus. Das Bordbuch
Mit einem Nachwort von Fraucke Gewecke und zeitgenössischen Abbildungen. it 476

Hernán Cortés. Die Eroberung Mexikos
Drei Berichte an den Kaiser Karl V. Herausgegeben von Claus Litterscheid. Übersetzungen von Mario Spiro und C. W. Kloppe. Mit 112 Federlithographien von Max Slevogt. it 393

Europa. Analysen und Visionen der Romantiker
Herausgegeben und eingeleitet von Paul Michael Lützeler. Mit zeitgenössischen Portraits. it 638

Paul Anselm Feuerbach. Merkwürdige Verbrechen
Herausgegeben von Rainer Schrage. Mit zeitgenössischen Illustrationen. it 512

Idyllen der Deutschen. Texte und Illustrationen
Herausgegeben von Helmut J. Schneider. it 551

Adolph Freiherr von Knigge. Über den Umgang mit Menschen
Herausgegeben von Gert Ueding. Mit Illustrationen von Chodowiecki. it 273

Bartholomé de Las Casas. Kurzgefaßter Bericht von der Verwüstung der Westindischen Länder
Herausgegeben von Hans Magnus Enzensberger. it 553

Carl von Linné. Lappländische Reise
Aus dem Schwedischen von H. C. Artmann. Mit Zeichnungen des Autors. it 102

Essays. Betrachtende Prosa

Michel de Montaigne. Essais
Herausgegeben und mit einem Nachwort versehen von Ralph-Rainer Wuthenow. Revidierte Fassung der Übertragung von Johann Joachim Bode. it 220

Das Buch vom Tee. Von Kakuzo Okakura. it 412

Blaise Pascal. Größe und Elend des Menschen
Aus den ›Pensées‹. Auswahl, Übersetzung und Nachwort von Wilhelm Weischedel. it 441

Arthur Schopenhauer. ›Kopfverderber‹
Über die Universitätsphilosophie und ihre Professoren. Herausgegeben von Otto A. Böhmer. Mit zeitgenössischen Illustrationen. it 661

Madame de Staël. Über Deutschland
Herausgegeben und mit einem Nachwort versehen von Monika Bosse. Mit zahlreichen Abbildungen und einem Namesindex. it 623

Leo N. Tolstoj. Rede gegen den Krieg
Politische Flugschriften. Herausgegeben von Peter Urban. it 703

Wie ein Mann ein fromm Weib soll machen
Mittelalterliche Lehren über Ehe und Haushalt. Herausgegeben, ins Neuhochdeutsche übertragen und mit einem Nachwort versehen von Michael Dallapiazza. it 745

Reiseliteratur

Florenz. Lesarten einer Stadt
Herausgegeben von Andreas Beyer. Mit zahlreichen Illustrationen. it 633

Johann Wolfgang Goethe. Tagebuch der ersten Schweizer Reise 1775
Mit den Zeichnungen des Autors und einem vollständigen Faksimile der Handschrift. Herausgegeben und erläutert von Hans-Georg Drewitz. it 300
– Goethes Letzte Schweizer Reise
Dargestellt von Barbara Schnyder-Seidel. Mit zeitgenössischen Illustrationen. it 375
– Italienische Reise
Mit vierzig Zeichnungen des Autors. Herausgegeben und mit einem Nachwort von Christoph Michel. it 175
– Tagebuch der italienischen Reise 1786
Notizen und Briefe aus Italien. Mit Skizzen und Zeichnungen des Autors. Herausgegeben und erläutert von Christoph Michel. it 176

Heinrich Heine. Reisebilder
Mit einem Nachwort von Joseph A. Kruse und zeitgenössischen Illustrationen. it 444

Istanbul
Herausgegeben von Esther Gallwitz. Mit Illustrationen von Thomas Allan. it 530

Samuel Johnson. Reisen nach den westlichen Inseln bei Schottland
Herausgegeben von Volker Wolf und Bernd Zabel. Mit zahlreichen Abbildungen. it 663

Erhart Kästner. Die Stundentrommel vom Heiligen Berg Athos. it 56
– Griechische Inseln 1944. Mit einem Nachwort von Heinrich Gremmels. it 118
– Kreta
Aufzeichnungen aus dem Jahre 1943. it 117
– Ölberge, Weinberge. Ein Griechenlandbuch
Mit Federzeichnungen von Helmut Kaulbach. it 55

Kairo. Die Mutter aller Städte
Herausgegeben von Ursula Beyer. it 696

Reiseliteratur

Carl von Linné. Lappländische Reise
Aus dem Schwedischen von H. C. Artmann. Mit Zeichnungen des Autors. it 102

London. Eine europäische Metropole in Bildern und Texten
Herausgegeben von Norbert Kohl. it 322

Louis Sébastien Mercier. Mein Bild von Paris
Aus dem Französischen und herausgegeben von Jean Villain. Mit zeitgenössischen Kupferstichen. it 374

Günter Metken. Reisen als schöne Kunst betrachtet
Essays von Günter Metken. Mit Photographien von Sigrid Metken. it 639

Moskau. Von der Siedlung im Wald zur Kapitale einer Weltmacht
Von Heddy Pross-Weerth. it 467

Fred Oberhauser/Gabriele Oberhauser. Literarischer Führer durch Deutschland
Ein Insel-Reiselexikon für die Bundesrepublik Deutschland und Berlin. it 527

Paris. Deutsche Republikaner reisen
Herausgegeben von Karsten Witte. it 389

Marcel Proust/Eugène Atget. Ein Bild von Paris
Mit zahlreichen Fotografien. it 669

Der Rhein
Herausgegeben von Helmut J. Schneider. it 624

Venedig
Herausgegeben von Doris Maurer und Arnold E. Maurer. Mit zahlreichen Abbildungen. it 626

insel taschenbücher
Alphabetisches Verzeichnis